AF326226

IMPRIMERIE PILLET ET DUMOULIN
RUE DES GRANDS-AUGUSTINS, 5, A PARIS.

11 Mars 1885.

V

Vente du Mercredi 11 Mars 1885,

HOTEL DROUOT, SALLE N° 5

FAIENCES ANCIENNES

DE

NEVERS, ROUEN, MOUSTIERS, DELFT ET AUTRES

VERRERIES ET VITRAUX

PENDULES, BRONZES

MEUBLES LOUIS XV ET LOUIS XVI — BOIS SCULPTÉS

BANDES DE TAPISSERIES — ÉTOFFES

EXPOSITION PUBLIQUE

LE MARDI 10 MARS 1885

DE 1 HEURE A 5 HEURES.

COMMISSAIRE-PRISEUR	EXPERT
M° PAUL CHEVALLIER	M. COBLENTZ
10, rue Grange-Batelière, 10	48, rue Larochefoucault, 48

CATALOGUE

DES

FAIENCES ANCIENNES

DE NEVERS, ROUEN
MOUSTIERS, DELFT ET AUTRES

Faïences italiennes;
Verrerie et Vitraux; Pendules; Bronzes;
Meubles Louis XV et Louis XVI; Bois sculptés;
Bandes de tapisseries au point à personnages;
Étoffes des xvie, xviie et xxiiie siècle.

DONT LA VENTE AURA LIEU

HOTEL DROUOT, SALLE N° 5,
Le Mercredi 11 Mars 1885.

à deux heures.

COMMISSAIRE-PRISEUR	EXPERT
Me PAUL CHEVALLIER	M. COBLENTZ
10, rue de la Grange-Batelière, 10.	48, rue Larochefoucauld, 48.

Chez lesquels se trouve le présent Catalogue.

EXPOSITION PUBLIQUE, le Mardi 10 Mars 1885,
De une heure à cinq heures.

CONDITIONS DE LA VENTE

La vente sera faite au comptant.

Les acquéreurs payeront cinq pour cent en sus des enchères applicables aux frais.

L'exposition mettant le public à même de se rendre compte de l'état des objets, il ne sera admis aucune réclamation une fois l'adjudication prononcée.

Paris. — Typ. PILLET et DUMOULIN, 5, rue des Grands-Augustins.

DÉSIGNATION DES OBJETS

PORCELAINES ET FAIENCES

1 — Porcelaine de Sèvres, pâte tendre. — Petit plat oblong à ornements dans la pâte, décoré de bouquets détachés.

— Porcelaine de Sèvres, pâte tendre. — Compotier, décor dit feuille de choux, semé de bouquets de fleurs.

3 — Porcelaine de Chantilly, pâte tendre. — Assiette à contours, décorée de bouquets de fleurs.

4 — Porcelaine de Saxe. — Plat long en forme de feuille, semée de bouquets de fleurs.

5 — Porcelaine de Saxe. — Deux assiettes forme bateau, à décor dit à l'écureuil.

6 — Porcelaine de Furstenberg. — Plat ovale décoré au centre d'oiseaux perchés sur un arbre.

7 — Porcelaine de l'Inde. — Trois petits plats oblongs avec bouquets et armoiries.

8 — Porcelaine de l'Inde. — Assiette avec personnage en costume du temps de Louis XIV jouant du chalumeau; le marli, à six compartiments, est décoré de personnages et de fleurs.

9 — Porcelaine de l'Inde. — Assiette treillagée à marli ajouré, portant au centre des fleurs composant un monogramme surmonté d'armoiries.

10 — Porcelaine de l'Inde. — Assiette avec armoirie sur le marli, offrant au centre une tête en profil.

11 — Porcelaine de Chine. — Plat oblong à riche décor rehaussé d'or, représentant des canards sur un rocher et des fleurs.

12 — Porcelaine de Chine. — Assiette au mandarin; le marli est orné d'écussons, d'animaux fantastiques et de trophées emblématiques.

13 — Fabrique italienne. — Haut-relief sans fond, de l'école des Robbia, en terre émaillée blanc, et représentant la Vierge vue à mi-corps tenant l'enfant Jésus sur son bras gauche. — Collection Milius, de Gênes.

Haut. sans le cadre en chêne, 78 cent.; larg., 60 cent.

14 — **Fabrique de Gubio.** — Plaque en hauteur, représentant le sujet de la Crèche en bas-relief et à décor à reflets métalliques mordoré rehaussé de bleu. Elle porte la date de 1535.

Haut., 0,273 cent.; larg., 0,220 cent.

15 — **Faïence de Pesaro.** — Plat rond à reflets métalliques, décoré au centre d'une figure de guerrier tenant d'une main un sceptre, de l'autre un écusson. Camaïeu bleu.

Diam. 40 cent.

16 — **Fabrique de Nevers.** — Garniture de trois pièces, vases et buires, à décors de fleurs et d'ornements en camaïeu bleu. Le vase de milieu est garni de trois anses à enroulements, et son couvercle est formé d'une couronne à jour. Les deux buires, à base octogone, à panse ovoïde et à goulot découpé sont garnies chacune d'une anse à enroulements.

Haut. du vase, 45 cent.
Haut. des buires, 36 cent.

17 — **Fabrique de Nevers.** — Petite garniture de trois pièces, vases et buires, même décor que la précédente.

Haut. du vase, 21 cent.
Haut. des buires, 25 cent.

18 — **Fabrique de Nevers.** — Jardinière de forme contournée, décorée sur le pourtour de feuilles d'acan-

thes en relief, avec anses formées par une tête
d'ange, en bleu fouetté de blanc.

Long., 40 cent.; Haut., 15 cent.

19 — Fabrique de Nevers. — Plat rond, décor chinois,
en bleu sur fond blanc.

Diam. Haut., 56 cent.

20 — Fabrique de Rouen. — Grand pichet représentant un jeune Bacchus tenant à la main une bou-
teille, et à cheval sur un tonneau. Décor polychrome.

Haut., 58 cent. Larg. 35 cent.

21 — Faïence de Rouen. — Conpotier octogonal, décoré en polychrome d'un sujet à figures et animaux
fantastiques.

22 — Faïence de Rouen. — Assiette polychrome décoré d'un sujet chinois à deux personnages.

23 — Faïence de Rouen. — Assiette dite au Carquois
— Décor polychrome.

24 — Faïence de Rouen. — Deux assiettes polychromes
Décor dit à la corne et au papillon.

25 — Faïence de Rouen. — Assiette avec corbeille
de fleurs au centre, marli à guirlandes. Décor
bleu.

26 — Faïence de Rouen. — Assiette à motif rayon-
nant au centre, et frise sur le marli. Décor bleu et
rouge.

27 — Faïence de Moustier. — Plat ovale, décoré au
centre d'armoiries surmontées d'une couronne de
comte. Le marli est formé par des guirlandes de
fleurs. Décor polychrome.

28 — Faïence de Moustier. — Plat ovale décoré au
centre d'un sujet de chasse, et sur le marli de guirlandes de fleurs. Décor polychrome.

29 — Faïence de Moustier. — Assiette à sujets grotes-
ques de figures et d'animaux, au marli orné de
feuillage. — Décor vert.

30 — Faïence d'Aprey. — Assiette décorée au centre
d'un bouquet de fleurs et sur le marli d'ornements
et de fleurs en relief.

31 — Faïence de Delft. — Plaque simulant une cage
renfermant un oiseau. Décor jaune.

32 — Faïence de Delft. — Plat rond, décor polychrome, dit au tonnerre.

33 — Faïence de Delft. — Grande assiette avec sujet
au centre représentant la Cène. Marli à ornements;
décor eu bleu par Pierre Van der Briel.

34 — Faïence de Delft. — Grande assiette offrant au centre un sujet d'oiseaux, et ornements. Décor bleu.

35 — Faïence de Delft. — Assiette sujet Marine, avec légende. Décor bleu, par de Byl.

36 — Faïnce de Delft. — Assiette représentant une femme cueillant des fruits, dans un verger. Décor bleu.

37 — Faïence de Delft. — Assiette représentant le mois d'avril : un jardinier offre des fleurs à une dame. Décor bleu.

38 — Faïence de Delft. — Assiette octogonale représentant une scène intime à quatre personnages. Décor bleu.

39 — Faïence de Delft. — Assiette polychrome décorée d'un motif d'ornementation au centre, et de fleurs.

40 — Cafetière en terre vernissée brune formée par un personnage grotesque du temps de Louis XVI.

VERRERIES ET VITRAUX

41 — Vase de mariage, monté sur un pied en étain, en verre émaillé, offrant d'un côté le portrait du ma-

rié, Martin, et de l'autre celui de la femme, Catherina avec la date 1601. Près du bord se trouve une petite frise dorée et émaillée. Travail allemand.

42 — Flacon en verre de Venise à six lobes, avec une monture en argent repoussé. XVIIe siècle.

43 — Petit vitrail rond représentant Loth et ses filles, en grisaille rehaussée de jaune. XVIe siècle.

Diam. 95 cent.;

44 — Petit vitrail en couleur. Scène à plusieurs personnages en riches costumes. XVIe siècle.

Haut., 18 cent.; larg., 13 cent.

45 — Petit vitrail en couleur. Tête de femme, de l'école de Jean Cousin. XVIe siècle.

46 — Deux vitraux ovales en couleur, représentant l'un, Dieu recevant le Christ, l'autre, la Vierge portant le Christ sur ses genoux. XVe siècle.

PENDULES
ET BRONZES D'AMEUBLEMENT

47 — Pendule rocaille, signée S. Germain, en bronze ciselé et doré, avec terrasse, surmontée d'un vase de

fleurs, et ornée, sous le cadran, d'un trophée pastoral. Mouvement de J. Demenay.

Haut., 45 cent.; larg., 36 cent.

48 — Petite pendule en bronze doré, formée par un lion supportant le mouvement, au-dessus duquel repose un hercule enfant. Époque Louis XVI.

Haut., 40 cent.; larg., 27 cent.

49 — Paire d'appliques en bronze ciselé et doré, du temps de Louis XIV, à deux lumières s'échappant d'un mascaron.

50 — Paire de flambeaux de l'époque de Louis XVI, en bronze ciselé et doré.

51 — Socle en bois, plaqué d'ébène, garni de bronzes ciselés et dorés, et ornés de supports de dauphins. Dessus de marbre rouge.

MEUBLES ET SIÈGES

52 — Beau secrétaire droit du temps de Louis XVI, avec porte à abattant, en marqueterie de bois de rose et essences diverses, enrichi de bronzes ciselés et dorés : frises, consoles à têtes de faunes,

ceintures et encadrements. Dessus de marbre
rouge de Flandre.

Haut., 1 m. 42 cent.; larg., 1 m. 02 cent.

53 — Secrétaire droit du temps de Louis XVI, en
marqueterie de bois de rose, avec un trophée en
réserve sur l'abattant. Frises dans le haut, ceintures,
et rosaces en bronze doré. Dessus en marbre de
Sienne.

Haut., 1 m. 45 cent.; Larg., 95.

54 — Grand et beau bureau à cylindre du temps de
Louis XVI, en acajou enrichi de bronzes ciselés et
dorés.

55 — Table de lecture du temps de Louis XV, de forme
contournée, avec pupitre ; le dessus, en marqueterie de bois de rose, orné au centre d'un trophée
de musique, est entouré d'une ceinture en bronze
doré.

Larg., 68 cent.

56 — Petite table de lecture du temps de Louis XV,
en bois de rose et de forme contournée munie de
son écran. Le dessus représente, en marqueterie,
un panier de fleurs, et est entouré d'une ceinture
en bronze doré.

Larg., 53 cent.

57 — Petit bureau d'âtre du temps de Louis XVI, en
bois d'acajou, et formant écran.

Larg., 47 cent.

58 — Petite table formant bureau en bois de satiné
ornée de bronzes dorés. Époque Louis XV.

59 — Console formant demi-lune, à trois supports
séparés par des guirlandes de feuillage. Bois doré
avec dessus marbre blanc veiné. Époque Louis XVI.

60 — Beau fauteuil de bureau canné, à quatre pieds,
en bois de noyer très finement sculpté sur toutes
les parties d'ornements en rocaille. Époque
Louis XV.

61 — Fauteuil de bureau canné, en bois de noyer
sculpté. Époque Louis XV.

62 — Beau fauteuil canné, du temps de Louis XIV,
en bois de noyer très finement sculpté; pieds à
croisillon.

63 — Deux petits fauteuils cannés du temps de
Louis XIV, en bois de noyer sculpté; pieds à croisillon.

64 — Chaise cannée en bois de noyer très finement
sculpté, pieds à croisillon. Époque Louis XIV.

65 — Chaise cannée pour enfant, en bois de noyer —
Travail hollandais du temps de Louis XV.

66 — Tabouret carré en bois de noyer, à pieds canne-
lés, orné d'une tapisserie de fond verdâtre, à
rinceaux et bouquet de fleurs. Époque Louis XVI.

67 — Deux chaises en bois de noyer, de l'époque de
Louis XIV, — à dossier sculpté de coquille et d'ornements, la traverse du bas est ornée d'un mascaron et d'ornements.

68 — Meuble en chêne à un battant, sculpté de nom-
breuses figures allégoriques et d'ornements. XVIᵉ siècle.

BOIS SCULPTÉS

69 — Quatre panneaux de meuble, en chêne sculpté,
représentant, au centre, un mascaron et quatre
rayonnements composés d'ornements et de figures.
Travail français du XVIᵉ siècle.

70 — Belle porte en chêne très finement sculptée.
Époque de la Régence.

Haut., 2 m. 20 cent.; larg., 72 cent.

71 — Devant de coffret en chêne sculpté représentant
quatre épisodes de l'enfance du Christ. Époque du
moyen âge.

73 — Support en chêne sculpté rehaussé d'or. Époque
Louis XV.

ÉTOFFES ET TAPISSERIES

72 — Série de trois bandes de tapisserie au petit point,
représentant des scènes à personnages en riches
costumes. Travail français du xvie siècle.

> Haut., 55 cent.; long., 1 m. 45 cent.
> Haut., 55 cent.; long., 1 m. 55 cent.
> Haut., 55 cent.; long., 1 m. 85 cent.

74 — Garniture de lit en tapisserie, représentant une
série de dix sujets cynégétiques ou galants, au
petit point; le tout est encadré d'une frise composée de fleurs se détachant sur un fond noir. xviie siècle.

> Long., 3 m.; Haut., 38 cent.

75 — Bande de tapisserie au petit point, représentant
un sujet à plusieurs personnages emblématiques,
avec fond de paysage, xvie siècle.

> Long., 2 m.; Haut., 34 cent.

76 — Deux bandes de tapisserie au petit point représentant, l'une. des dames en riches costumes du xvıᵉ siècle, l'autre, trois dames et un enfant devant un monarque.

Long., 1 m. 20 cent.; Haut., 43 cent.
Long., 73 cent.; Haut., 40 cent.

77 — Quatre dessus de coussin en tapisserie au petit point, représentant au centre un personnage allégorique, et sur le pourtour une frise de feuillage et d'animaux emblématiques. xvıᵉ siècle.

Haut., 37 cent.; larg., 37 cent.

78 — Ecran en tapisserie au point représentant Apollon et les Muses, entourés de feuillage se détachant sur un fond noir. Époque Louis XIV.

Haut., 95 cent.; larg., 70 cent.

79 — Portière composée de deux rideaux en velours marron ornés de bandes en tapisserie, allégories et fleurs, et d'un bandeau horizontal représentant des personnages, au petit point. xvıᵉ siècle.

Rideaux. Haut. 3 m.
Bandeau. Haut., 37 cent.; long. 1 m. 80 cent.

80 — Revêtement de cheminée, composé de quatre morceaux de velours grenat ancien, avec ornements réappliqués brodés en soie et or. xvııᵉ siècle.

Haut., 1 m. 50 cent.; larg., 1 m. 60 cent.

81 — Revèment de cheminée formé par quatre morceaux d'étoffe brodée en soie et or, sur velours
grenat composé de : un lambrequin offrant quatre
sujets à personnages séparés par des motifs d'ornements et d'armoiries, un bandeau représentant des
armoiries avec supports d'anges agenouillés, et
deux montants composés chacun de deux figures
de saints au milieu d'enroulements.

Haut., 1 m. 33 cent.; larg., 1 m. 58 cent.

82 — Deux bandes d'ornements brodés de soie, d'or
et d'argent, appliqués sur velours grenat. XVIe siècle.

Long., 1 m. 40 cent.

83 — Bandeau de dais composé de rinceaux et d'ornements réservant des médaillons avec figures d'é-
vangélistes. Fond de velours grenat. XVIe siècle.

Long., 2 m.

84 — Bandeau en tapisserie, composé de fleurs, ornements et animaux. Époque de Louis XIV.

Haut., 40 cent.; long., 1 m. 80 cent.

85 — Petit tapis de table carré, brodé à l'aiguille,
composé de différents sujets de chasse, en blanc
sur fond jaune. Époque de Henri IV.

Haut., 95 cent.; larg., 95 cent.

86 — Petit tapis au point de chaînette en fil blanc sur

fond de soie jaune, formé par trois figures de monarque, encadréc de frises d'oiseaux et d'ornements courants. Travail espagnol du XVIIe siècle, (préparé pour la restauration).

Long., 1 m.; haut., 58 cent.

87 — Modèle pour apprendre les différentes manières de broder sur étoffe. Curieux travail du XVIe siècle.

Larg., 18 cent.; long., 6o.

88 — Petit dessus de table en velours bleu, formé par un entourage de voile, ornements brodés en soie portant le chiffre de la Vierge, bordé d'un galon d'argent. XVIIe siècle.

Haut., 65 cent.; larg., 65 cent.

89 — Lambrequin de cheminée formé de trois compartiments, au centre desquels s'élève un vase de fleurs, entouré d'ornements courants. Broderie sur étoffe jaune du XVIIe siècle, réappliquée sur fond vert.

Haut., 40 cent.; long., 1 m. o2 cent.

90 — Lambrequin de cheminée en étoffe verte brodée de coquilles et ornements. Époque de Louis XIII.

Long., 1 m. 90 cent.

91 -- Différents morceaux et bandes de moire rouge brodée d'or. XVIe siècle.

92 — Coupon de moire rouge tissée d'or. XVII° siècle.

93 — Différents morceaux de drap d'or et d'étoffes brodées d'or et d'argent. XVI° siècle.

94 — Onze figures de saints personnages brodés en soie et en fin. Travail flamand du XVI° siècle.

95 — Morceau d'étoffe brodée en soie et en fin représentant, au centre, la Cène, et sur chacun des côtés, une figure d'évangéliste. XVI° siècle.

Long., 57 cent.

96 — Série de huit lambrequins, ornements appliqués sur velours rouge. XVII° siècle.

97 — Trois morceaux de tapisserie au point, bouquets losangés sur fond noir. Époque Louis XIV.

98 — Six morceaux de tapisserie au point, dont un à personnage — provenant de sièges. Époque de Louis XIV.

99 — Étoffe de satin rouge broché de fleurs. Époque de Louis XV.

100 — Morceau de brocart fond blanc à fleurs, ornements et coquilles tissées en fin. Époque de Louis XIV.

101 — Morceau de brocart broché de fleurs à grands ramages, tissés d'or. Époque de Louis XIV.

102 — Chape en étoffe de soie rouge à dessin blanc. XVIIe siècle.

103 — Autre chape en étoffe rouge à dessin blanc. XVIIe siècle.

104 — Deux dalmatiques et une chasuble en étoffe de soie mauve avec applications et bandes brodées. XVIIe siècle.

105 — Morceau d'étoffe de soie rouge damassée de blanc et brochée de bouquets de fleurs. Époque de Louis XV.

106 — Trois chapes en soie rouge, damassée d'ornements à grands ramages ornés de fleurs de lis.

107 — Chape en soie fond blanc, brochée de bouquets et de guirlandes de fleurs.

108 — Morceaux d'étoffe de soie lavallière brochée de fleurs, provenant d'une chaise longue. XVIIIe siècle.

109 — Étoffe de soie fond blanc, brochée de fleurettes, et rayée de satin et d'or.

110 — Coiffure de dame, de l'époque du xve siècle, en étoffe lamée.

111 — Mitre d'évêque en soie blanche avec fleurs brodées en fin.

112 — Gilet en soie avec broderies au point de chaînette sur fond blanc. Époque de Louis XVI.

113 — Veste en soie brochée sur fond fleur de pèche. Époque de Louis XV.

114 — Quatre mètres de franges à tète quadaillée vert olive. Époque de Louis XIII.

Haut., 25 cent.

115 — Un m. 60 de franges à tête quadrillée verte, avec boutons de peluche. Époque de Louis XIII.

Haut., 25 cent.

116 — Dix m. 50 franges de soie bleue à tête quadrillée.

117 — Six m. 60 de lambrequins en tapisserie au point, à fleurs sur fond noir.

118 — Lot de bandes de tapisserie au point.

119 — Lot de velours de Gènes, étoffes brodées, saints personnages, guipures, etc., etc.

120 — Lot de bandes de tapisseries au point, et de broderies de soie.

121 — Lot d'étoffes brodées d'or, applications, etc.

122 — Lot de guipures, étoffes de soie, brocart, tapisserie, etc.

123 — Nombreux galons et passementeries en fin et en doré.

124 — Franges, galons, glands, cordons, et passementeries.

125 — Coupon de velours de Gènes à fond jaune et dessin vert, (environ 4 m. 5o).

126 — Dix morceaux de tapisserie, représentant des trophées de fleurs et de fruits, armoiries, personnages emblématiques, etc. XVIIe siècle.

127 — Panneau de tapisserie représentant, sur un fond de gloire, le Christ entouré d'anges portant les instruments de la Passion. XVIIe siècle.

Haut., 2 m. 55 cent.; larg., 2 m. 85 cent.

128 — Panneau en cuir de Cordoue portant au centre un écusson, avec frises et ornements doré.s

RED. :

16

379.89.70
graphicom

MIRE ISO N° 1
NF Z 43-007
AFNOR
Cedex 7 - 92080 PARIS-LA-DÉFENSE

0 1 2 3 4 5 6 7 8 9 10